Yuki Yoshihara

MA PETITE MAÎTRESSE

3

MA PETITE MAÎTRESSE 3

PERSONNAGES

◆ CHÔKO KUZÉ

Fille de la célèbre, riche et ancienne famille Kuzé. Devenue secrétaire au sein de la société Benten, elle découvre que son supérieur direct n'est autre que son ancien domestique attitré.

RÉSUMÉ DE L'HISTOIRE

Chôko est la fille d'une ancienne, riche et puissante famille aujourd'hui reconvertie en un petit restaurant de nouilles. Elle a grandi et il se trouve que son employeur n'est autre que son ancien domestique. Si en privé ce dernier se montre très doux et dévoué, en public il fait preuve d'un sadisme et d'une cruauté rare à l'égard de son ancienne protégée. Pourtant, Chôko ne parvient pas à s'épargner de nouveaux sentiments : elle aime le bourreau de son cœur, son ancien domestique...

IL Y A PEU, UN VIEUX SOUVENIR A RESSURGI EN MOI...
PARMI LES JEUNES SERVANTS DE LA MAISON...
IL Y AVAIT MASAYUKI ET UN AUTRE GARÇON QUI AIDAIT MON PÈRE À LA TÂCHE.
JE N'ÉTAIS QU'UNE ENFANT MAIS JE ME SOUVIENS L'AVOIR TROUVÉ TRÈS BEAU.

VROOOM
ET ALORS ?
JE SUPPOSE QUE TU TE SOUVIENS DE LUI, NON ?
SOIS HONNÊTE, IL ÉTAIT SUPER MIGNON !
......
DÉSOLÉ. JE N'EN AI AUCUN SOUVENIR.

PAS DU TOUT ? BIZARRE, COMMENT PEUT-ON L'OUBLIER ?
DE NOMBREUX DOMESTIQUES VIVAIENT DANS LA DEMEURE DES KUZÉ, VOUS SAVEZ...
DIFFICILE DE GARDER TOUT LE MONDE EN MÉMOIRE !
OUI...
AU FAIT, C'EST BIENTÔT VOS RÈGLES, NON ?

OUI, DÈS CE SOIR NORMALEMENT ...
NON MAIS C'EST QUOI CETTE QUESTION ?!?
RAPPELEZ-VOUS LA PRISE D'OTAGE DE LA DERNIÈRE FOIS...
IL N'Y A PAS EU DE PÉNÉTRATION MAIS...
L'AUTRE JOUR...
かあっ
DAAAAM
NOS PARTIES INTIMES ONT QUAND MÊME ÉTÉ EN CONTACT...
SI VOUS NE M'AVIEZ PAS ATTACHÉ LES MAINS, JE PENSE QUE NOUS NOUS SERIONS MIEUX DÉBROUILLÉS...

DE TOUTE FAÇON, JE SAVAIS QUE CE SOIR-LÀ N'ÉTAIT PAS VOTRE JOUR D'OVULATION ALORS...
JE NE SUIS PAS INQUIET...
ぱしっ
PAF !
ARGH !
MASAYUKI DÔMOTO. IL EST À LA FOIS MON BOSS MAIS SE COMPORTE PARFOIS COMME MON SERVANT.
BIEN, RETOURNONS CHACUN À NOS POSTES...
VOUS L'AVEZ REMARQUÉ, IL MANQUE PARFOIS DE DÉLICATESSE...
CE MATIN, C'EST À TOI D'ÊTRE À L'ACCUEIL, NON ?

ZUIP
OUI...
ALORS METS-TOI UNE COUVERTURE SUR LE VENTRE. IL NE FAUT SURTOUT PAS PRENDRE FROID PENDANT SES MENSTRUATIONS ! ♡
RHAAA ! MERCI DU CONSEIL !!!
C'EST DU HARAS-SEMENT SEXUEL !
QU'IL SE METTE À MA PLACE, POUR UNE FOIS !
JE N'AI AUCUNE EXPÉRIENCE DANS LE DOMAINE MAIS J'AI FAIT DE MON MIEUX...
BON OK, C'ÉTAIT PAS TRÈS CONCLUANT ...
RIEN QUE D'Y REPENSER, JE SUIS MAL À L'AISE...
ET LUI QUI ME PARLE DE MES RÈGLES, DE CONTACTS AVEC NOS...
AUTREFOIS, JE ME SENTAIS TELLEMENT À L'AISE À SES CÔTÉS...
CRIIICK

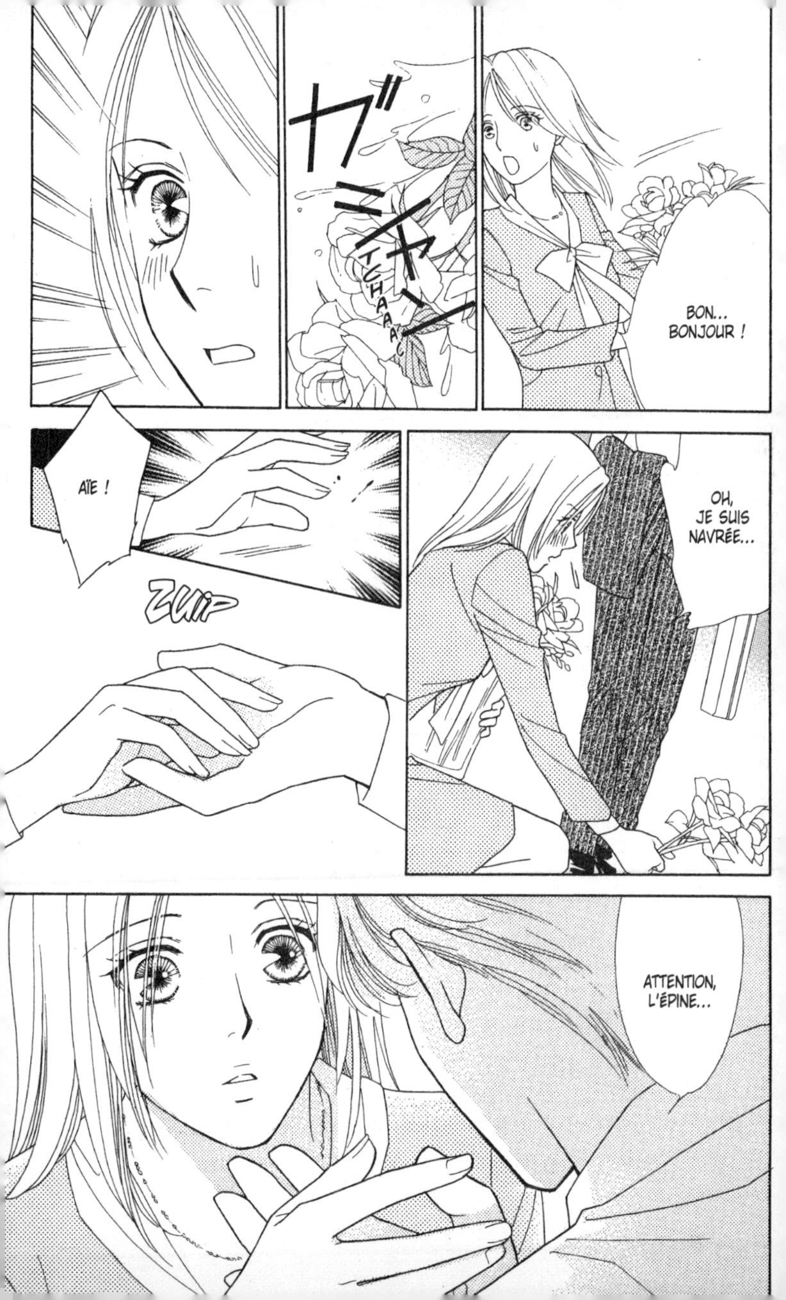
BON... BONJOUR !
TCHAAAC
OH, JE SUIS NAVRÉE...
AÏE !
ZUIP
ATTENTION, L'ÉPINE...

MA PAUVRE DEMOISELLE...
ON DIRAIT UN RUBIS À VOTRE JOLI DOIGT...
SMACK

BEUAARK !
L'IMAGE OFFICIELLE D'UN PRINCE CHAR-MANT...
KUZÉ ! QU'EST-CE QUE TU FICHES !
HEU... HÉ HÉ...
DU COSPLAY ?
KUZÉ ?
PAR HASARD...
VOUS NE SERIEZ PAS MLLE CHÔKO DE LA FAMILLE KUZÉ ?
SI...
JE LE SAVAIS !
JE SUPPOSE QUE VOUS NE VOUS SOUVENEZ PAS DE MOI MAIS AUTREFOIS, J'AI TRAVAILLÉ POUR VOTRE FAMILLE !
JE SUIS REIBUN JINGÛJI !

……!
LE FAMEUX GARÇON !
ÇA ALORS, QUELLE SURPRISE !
J'ÉTAIS LOIN D'IMAGINER QUE CE JEUNE HOMME, DIRECTEUR D'UNE SOCIÉTÉ DE PRODUCTION DANS LE SHOW BUSINESS CONNAISSAIT BIEN L'UNE DE NOS EMPLOYÉES !
SI ! MON PÈRE ÉTAIT TRÈS ATTACHÉ À SON MAÎTRE !
COMME NOUS NE VIVIONS PAS DANS LE MÊME ÉDIFICE, JE N'AVAIS PAS BEAUCOUP L'OCCASION DE LES RENCONTRER EN PERSONNE MAIS…
JE ME SOUVIENS QUE MLLE CHÔKO ÉTAIT UNE ADORABLE ENFANT !

ET VOUS ÊTES DEVENUE SI BELLE !
COMME UNE ROSE BLANCHE QUI VIENT D'ÉCLORE !
Ô MON PRINCE ! ♡
JE CONSTATE QUE LA FAMILLE KUZÉ A SU S'ENTOURER DES MEILLEURS !
VOUS OU ENCORE MON BRAS DROIT, DÔMOTO...
IL FLIPPE UN PEU...
DÔMOTO ?
OUI, LE RESPONSABLE DU SECRÉTARIAT ! MASAYUKI DÔMOTO !
AUTREFOIS, IL PORTAIT LE NOM DE FAMILLE DE SA MÈRE, YOSHIDA.
VOUS VOUS SOUVENEZ ?
GLOUPS
カチャン…

JE VOIS...
IL TRAVAILLE DONC ICI...
JINGÛJI !
TCHAAAP
PARDON DE VOUS DÉRANGER PENDANT VOTRE RÉUNION MAIS...

YOSHIDA ! OU PLUTÔT NON, TON NOUVEAU NOM, C'EST DÔMOTO, N'EST-CE PAS ?
JE SUIS CONTENT QUE TU M'AIES RECONNU AU PREMIER COUP D'ŒIL !
J'AI L'IMPRESSION D'ÊTRE DANS UN RÊVE ! APRÈS NOTRE JOLIE MAÎTRESSE, C'EST TOI QUE JE RETROUVE !
....
TU N'AS PAS L'AIR D'AVOIR BEAUCOUP CHANGÉ...
ZUIP
QUAND J'AI VU LE NOM DU DIRECTEUR DE L'AGENCE POUR NOTRE PROCHAINE PUB...
ET QUE J'AI LU TON NOM..
JE ME SUIS DEMANDÉ SI C'ÉTAIT TOI...
ÇA ALORS ? IL M'A POURTANT AFFIRMÉ QU'IL NE SE SOUVENAIT PLUS DE LUI. IL M'A MENTI !
SACRÉES RETROUVAILLES, NON ?
ET SI ON ALLAIT DÎNER TOUS LES TROIS POUR FÊTER ÇA ?

JE CONNAIS UNE EXCELLENTE ADRESSE ! UN RESTAURANT FRANÇAIS. J'AIMERAIS VOUS Y INVITER, MAÎTRESSE !
BONNE IDÉE !
PENDANT VOS RÈGLES, IL VAUT MIEUX MANGER JAPONAIS !
GRRR !
JINGÛJI !
QUAND TU INVITES MLLE KUZÉ À SORTIR...
MERCI DE DEMANDER AUSSI À SON PETIT AMI AUSSI. EN L'OCCURRENCE, MOI !
ZWIIISH
NON MAIS... !

ON EST AU BOULOT, LÀ !!!
HAA !
ばしっ
PLAAASH !
MAÎTRESSE ...
HÉ HÉ
PARDON DE VOUS AVOIR DÉRANGÉS...
VLAAAM
IL EST VENU POUR QUOI ?
DIS DONC ! C'ÉTAIT QUOI CETTE RÉACTION !
TU T'ES MONTRÉ D'UNE IMPOLITESSE FLAGRANTE FACE À LUI !

SI VOUS VOULEZ MON AVIS, VOUS NE DEVEZ CERTAINEMENT PAS VOUS SOUVENIR DE LUI...
......?
NOUS AVONS LE MÊME ÂGE ET AVONS ÉTÉ À LA MÊME ÉCOLE...
TU NE L'AIMAIS PAS ?
OK, J'AI COMPRIS ! TU ÉTAIS JALOUX PARCE QU'IL ÉTAIT BEAU GARÇON !
N'IMPORTE QUOI ! SI JE DEVAIS FAIRE UNE COMPARAISON, LUI N'EST QU'UN PETIT DOIGT POUR SE GRATTER L'OREILLE ET MOI, UN INDEX POUR DIRIGER LE MONDE !
NOUS N'AVIONS RIEN EN COMMUN ET POURTANT, IL ÉTAIT TOUT LE TEMPS COLLÉ À MOI !

COMME VOUS DEVIEZ ÊTRE MIGNONS !
ÇA NE ME FAIT PAS RIRE, MOI !
JE PRÉFÈRE VOUS PRÉVENIR !
NE TOMBEZ PAS DANS LE PANNEAU ! SES PAROLES EN GUIMAUVE SONT VENIMEUSES !
GRRR !
EN GUIMAUVE ?
MOI J'APPELLE CELA DU TACT ET DE LA DIPLOMATIE !
QU'Y A-T-IL DE MAL À SOURIRE À UN HOMME QUI PARVIENT À VOUS METTRE À L'AISE PAR SA GENTILLESSE ?
QU'EST-CE QUE VOUS ENTENDEZ PAR "METTRE À L'AISE" ?
HEU...
JE VOIS...

N'ALLEZ SURTOUT PAS VOUS COMPORTER COMME CES FEMMES QUI PAPILLONNENT EN PRÉTEXTANT QU'ELLES EN PROFITENT AVANT DE SE MARIER !
SURTOUT DEVANT VOTRE PETIT AMI !
JE NE ME SOUVIENS PAS AVOIR OFFICIELLEMENT DÉCIDÉ QUE J'ALLAIS DEVENIR VOTRE PETITE AMIE, HEIN !

QU... !
DAAAAM
CE N'EST PAS PARCE QUE NOUS SORTONS ENSEMBLE QUE JE SUIS VOTRE PETITE AMIE !
MAIS QU'EST-CE QUE VOUS RACONTEZ ?!? MÊME APRÈS AVOIR VU MES PARTIES INTIMES, VOUS...
OUI ! JE LES AI VUES ! MAIS ELLES NE M'ONT PAS PÉNÉTRÉE !
ET ARRÊTE DE PARLER AUSSI FORT !
OUI, NOUS NOUS SOMMES ARRÊTÉS À L'ENTRÉE DE TA GROTTE MAIS POUR MOI, C'EST PAREIL !
NOUS ÉTIONS EN UNION PARFAITE, MA JOLIE CHÉRIE SUCRÉE !
TRÈS CHERS CLIENTS, JE...
N'IMPORTE QUOI ! JE T'EN METTRAIS, MOI DES CHÉRIES SUCRÉES !

MASAYUKI, ÇA COMMENCE À BIEN FAIRE, TU...
CESSEZ DE VOUS DISPUTER COMME DEUX ENFANTS, VOUS DEUX !
JINGÛJI...
TU NOUS ÉCOUTAIS ?
ESPÈCE DE...
NON, TOUT L'ÉTAGE VOUS ENTENDAIT...
DÔMOTO ! TU N'AS PAS HONTE D'ENNUYER COMME ÇA CETTE PAUVRE MADEMOISELLE ?
JE T'AI CONNU BEAUCOUP PLUS DÉLICAT ENVERS ELLE ALORS QUE TU ES SOIT DISANT DEVENU SON PETIT AMI...
QU...

OUI ! VOILÀ !
OUI ! C'EST EXACTEMENT ÇA QUE J'AI SUR LE CŒUR !
JE SUIS TOUJOURS AUSSI DÉLICAT...
MAIS ELLE NE VEUT PAS LE COMPRENDRE...
QUEL CULOT !
JINGÛJI !
C'EST AVEC PLAISIR QUE J'ACCEPTE VOTRE INVITATION AU RESTAURANT.
ET JE VIENDRAI SEULE !
AVEC GRAND PLAISIR !
MAÎTRESSE !
NON ! VOUS DEVEZ RENTRER AVEC MOI !

JE N'AI PAS D'ORDRES DE CE GENRE À RECEVOIR D'UN HOMME QUI N'EST PAS MON PARTENAIRE !
GROOOH
WHAAA ! L'IMMEUBLE PENCHE !!!

HÉ MAIS !
CE BEAU PATRON A INVITÉ KUZÉ À DÉJEUNER ?!?
CHEF ! VOUS LAISSEZ PASSER ÇA ?!?
LA TÊTE DANS LE MUR...
LAISSONS-LE...
Y'EN A MARRE, C'EST TOUJOURS ELLE !
CHA-CHAN !
CHA-CHAN !
CHA-CHAN !

CHA-CHAN ? TU M'AIMES ?
OUI, JE VOUS AIME BEAUCOUP !
AH BON ? ET COMMENT ? BEAUCOUP ? TRÈS BEAUCOUP ?
JE VOUS AIME VRAIMENT BEAUCOUP !
TU ES DONC UN PÉDO, CHA-CHAN ?
QU... ! QUI T'A ENSEIGNÉ UN TEL MOT ?
C'EST REIBUN JINGÛJI !
JE VOIS...
IL NE FAUT SURTOUT PAS ÉCOUTER CE QU'UN IMBÉCILE DANS SON GENRE RACONTE...

CE GARÇON N'EST QU'UN IDIOT QUI N'A RIEN DANS LA CERVELLE, COMPRIS ?
ZUIP
ZUIP
DÈS QU'IL OUVRE LA BOUCHE, FERMEZ VOS OREILLES AUSSI FORT QUE VOUS POURREZ !
....
JE VIENS DE...
ME SOUVENIR DE CET ÉPISODE...
MAÎTRESSE ? VOUS REPRENDREZ BIEN UN VERRE, NON ? IL Y A AUSSI DES COCKTAILS AUX FRUITS...
CHA-CHAN AIME BIEN QU'ON LUI DISE QU'IL EST PÉDO...
AH BON ?
....

CE N'ÉTAIT QU'UNE BLAGUE D'ADOLESCENT MAIS...
C'ÉTAIT PLUTÔT MÉCHANT...
HEU...
MERCI ! J'AI DÉJÀ BIEN MANGÉ ET BIEN BU AU RESTAURANT DE TOUT À L'HEURE...
VRAI-MENT ?
BON...
AGRÉABLE CE BAR, NON ?
J'AI RÉSERVÉ À L'ANNÉE TOUT L'ÉTABLISSEMENT. TANT QUE JE N'INVITE PAS, PERSONNE NE PEUT Y ENTRER !
どきっ
BOM
VOUS ÊTES DEVENUE TRÈS BELLE...

HO HO HO
L'AMOUR DE DÔMOTO A PORTÉ SES FRUITS...
IL FAUT DIRE QU'IL VOUS A TELLEMENT DORLOTÉE...
VOUS ÊTES UNE FLEUR DÉLICATE À CUEILLIR...
ET DÔMOTO SERAIT BIEN ENNUYÉ SI ON VOUS ARRACHAIT À LUI...
PENSEZ-DONC...
ZUiiiP
!?
VOUS SAVEZ...
DEPUIS LONGTEMPS, J'AI TOUJOURS ADORÉ VOIR LE VISAGE EMBARRASSÉ DE DÔMOTO...

HEIN ?
LE VOIR GÊNÉ, MAL À L'AISE, LUI JOUER DES TOURS !
LUI PIQUER UNE FILLE QU'IL AIMAIT EN SECRET...
VOUS VOUS SOUVENEZ DU JOUR OÙ JE L'AI FAIT PASSER POUR UN PÉDO ?
ET VOUS ?
VOUS NE TROUVEZ PAS QUE DÔMOTO EST AMUSANT QUAND IL EST EMBÊTÉ ?
QU... IL EST FOU CE TYPE !
ぱく
GLOUPS
ぱく
GLOUPS
UNE FOIS, J'AI GLISSÉ DANS SON CARTABLE LE PANTY DE LA PLUS JOLIE FILLE DU COLLÈGE...
PENDANT UN MOIS, IL ÉTAIT TELLEMENT GÊNÉ QU'IL N'A PLUS OSÉ METTRE LES PIEDS À L'ÉCOLE.
くす
くす
HA HA
J'Y AI ÉTÉ UN PEU FORT, LÀ...
......

PAR CONTRE, QUELLE SURPRISE D'APPRENDRE QUE VOUS N'AVEZ PAS ENCORE COUCHÉ ENSEMBLE...
EN ENTENDANT CELA...
COMMENT VOULEZ-VOUS QUE JE RÉSISTE À L'ENVIE DE...
VOUS... PERDEZ LA TÊTE !
VOUS AUSSI, VOUS ÊTES CRAQUANTE QUAND VOUS ÊTES GÊNÉE...
QU... MASAYUKIIII ! AU SECOUUUURS !
VOILÀ CE QUI ARRIVE QUAND VOUS N'ÉCOUTEZ PAS CE QUE JE VOUS DIS !

ZUIP
MASAYUKI !
COMMENT SAIS-TU QUE...
ZUIP
J'AI PLACÉ UN DÉTECTEUR GPS DE L'ARMÉE AMÉRICAINE SUR LES HABITS DE MAÎTRESSE...
OÙ ÇA ?!?
JE SUIS EN DROIT D'APPELER LA POLICE ! C'EST UN LIEU PRIVÉ ICI !
JE M'EN VAIS ! JE SUIS JUSTE VENU LUI APPORTER SES SERVIETTES HYGIÉNIQUES ...

BONNE BOURRE !
MASAYUKI !
J'Y CROIS PAS ! AIDE-MOI !
TAMPAX
QU... !
EN QUOI DEVRAIS-JE ME SENTIR CONCERNÉ ? C'EST VOTRE VIE PRIVÉE ET VOUS N'ÊTES PAS MA PETITE AMIE. N'EST-CE PAS ?

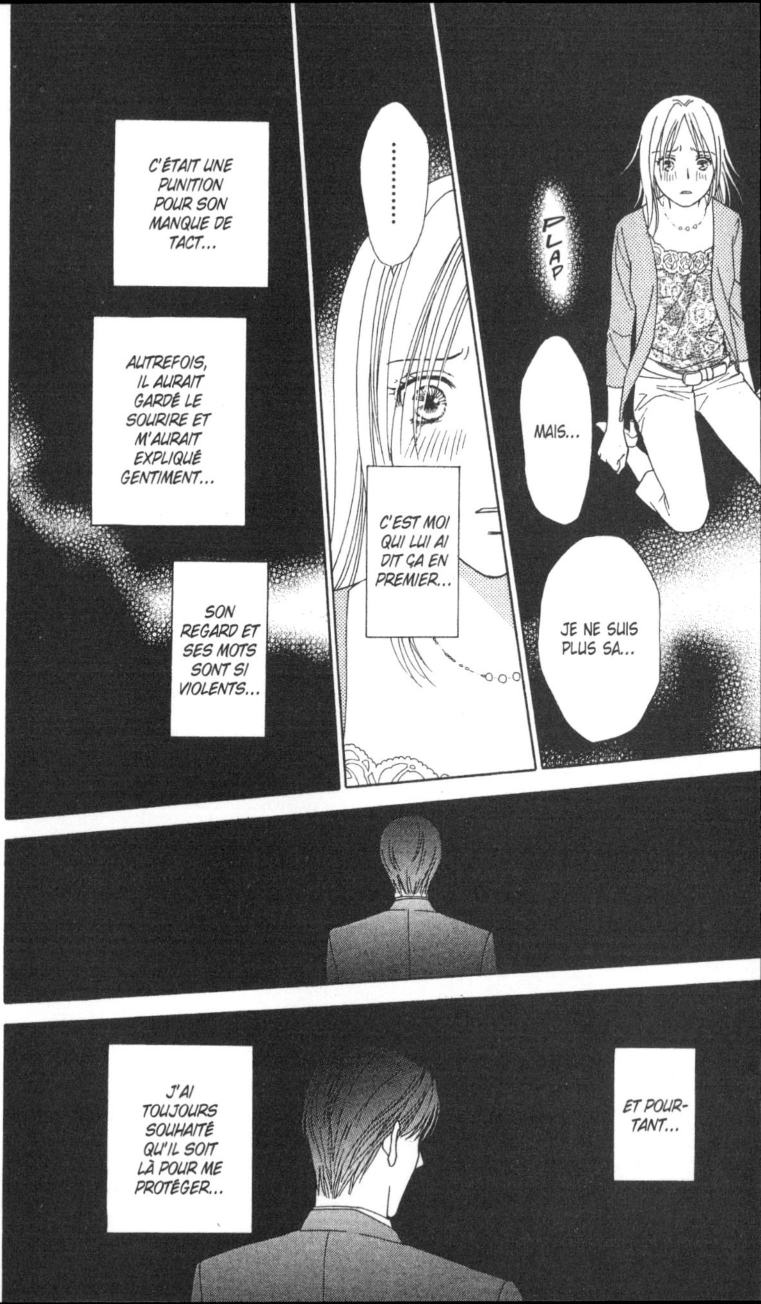
PLAP
MAIS...
JE NE SUIS PLUS SA...
....
C'EST MOI QUI LUI AI DIT ÇA EN PREMIER...
C'ÉTAIT UNE PUNITION POUR SON MANQUE DE TACT...
AUTREFOIS, IL AURAIT GARDÉ LE SOURIRE ET M'AURAIT EXPLIQUÉ GENTIMENT...
SON REGARD ET SES MOTS SONT SI VIOLENTS...
ET POURTANT...
J'AI TOUJOURS SOUHAITÉ QU'IL SOIT LÀ POUR ME PROTÉGER...

PFUUU !
VOUS AVEZ COMPRIS LA LEÇON, MAÎTRESSE ?!?
HUUU
OUIIIN
SNIF
HUUU

QU'IL SOIT LÀ POUR MOI ET UNIQUEMENT MOI !
PARDON...
PARDON...
RESTONS UN COUPLE, S'IL TE PLAÎT !
PUISQUE VOUS INSISTEZ...
HUU
PARD...
MAÎTRESSE, AUTREFOIS VOUS NE FAISIEZ RIEN QUI ME METTE DANS L'EMBARRAS...
VOUS ME CAUSEZ BIEN DU TRACAS !

EH BIEN...
JE ME PRENDS DES VENTS, MOI...
MAIS...
C'EST BIEN LA PREMIÈRE FOIS QUE JE LE VOIS AUTANT ENNUYÉ À CAUSE DE MOI !

FIN DU CHAPITRE 11

Chapitre 12 :
Combat de domestiques

……
PLAP
HUUU…
JE N'AI AUCUNE FORCE…
BONJOUR ! C'EST MOI, CHÔKO…
NOUS SOMMES EN PLEIN ÉTÉ MAIS J'AI CHOPPÉ LA CRÈVE…
MALADE PENDANT SES JOURS DE VACANCES…
PAS DE BOL…

J'AI LA GORGE SÈCHE...
VIDE !
DANS LA CUISINE...
PFUUU
RHAAA
PLOP
J'AI...
J'AI SOIF...
TCHOP
TCHOP
BUVEZ, MAÎTRESSE !
TADAAAAM
OH, THANK YOU !

QUE C'EST BON !
GLOUPS
HAAA !
はっ
QU... ! MASAYUKI ? MAIS D'OÙ EST-CE QUE TU SORS COMME ÇA ?
JE NE SUIS PAS SEUL !
TCHAAA
MAÎTRESSE !
TATAMI
GRANDE SŒUR !
あねうえっ
VOUS VOUS CROYEZ OÙ ? DANS UNE MAISON DE NINJAS OU QUOI ?

MASAYUKI …
ET TOI AUSSI, JINGÛJI…
JE M'INQUIÈTE POUR VOTRE SANTÉ…
DÔMOTO, TU PEUX RENTRER, JE M'OCCUPE D'ELLE !
TU DÉGAGES DES ONDES NÉGATIVES, TOI ! TA PRÉSENCE RISQUE DE FAIRE EMPIRER SON ÉTAT !
MIKIHIKO TOUT SEUL FERA L'AFFAIRE…

EN D'AUTRES TERMES, C'EST MOI QUI VAIS VEILLER SUR ELLE !
NON, MOI !
ZUIIIIP
NON MANANTS ! C'EST MOI !
TCHING
TCHING
MER... MERCI...
COMMENT TE SENS-TU, CHÔKO ?
MONSIEUR, MADAME...
PAS D'INQUIÉ-TUDE, JE M'EN...
NON, C'EST MOI !
OCCU-PE...
FAIT CHAUD AVEC VOUS QUATRE...
DÔMOTO, JINGÛJI, MERCI !
C'EST GENTIL DE VOTRE PART MAIS COMME AUJOURD'HUI NOUS NE POUVONS PAS OUVRIR LE RESTAURANT, JE VAIS PRENDRE LE RELAIS...

PARDON MAMAN, C'EST DE MA FAUTE SI ON EST FERMÉ AUJOURD'HUI...
J'AVAIS PROMIS DE VOUS AIDER...
NON NON, CHÔKO ! MOI AUSSI, J'AI TRÈS MAL AU DOS ET DONC...
TANT PIS...
ON AURAIT PU OUVRIR SI MIKIHIKO AVAIT ÉTÉ EN CUISINE ET SI ON AVAIT EU DEUX HOMMES FORTS POUR SERVIR...
HEU...
MAIS MAÎTRES-SE...
GRANDE SŒUR...
SANS MOI ?
CHÉRI, TU CROIS QU'ON VA FAIRE FAILLITE ?
SNIF
LAISSEZ-NOUS VOUS AIDER !!!
BAH VOYONS ...

AAAACK
B'JOUR !
DEUX BIÈRES ET DEUX SPÉCIALES DU CHEF !
CHERS CLIENTS, NOUS VOUS SOUHAITONS LA BIENVENUE DANS NOTRE HUMBLE ÉTABLISSEMENT... ♡
Hiii
!!?

TRAVAILLEZ AU LIEU DE BAVARDER, ESCLAVES !
EN ROLLERS, EN PLUS ! JE ME SUIS FAIT UN LUMBAGO...
WHAAA !
PSHAAA
TRALA LAAA !
HO HO HO
ELLE SERT LE CAFÉ...
SACRÉE MADAME...
AH LÀ LÀ ! ÇA ME RAPPELLE DES SOUVENIRS ! QUAND MADAME NOUS DÉGUISAIT EN BOYS BAND POUR LA SERVIR...
HEU, AU FAIT... C'EST QUI LUI ?
OH PARDON ! VOUS ÊTES MIKISUKÉ ? J'AI CRU QUE VOUS N'ÉTIEZ QU'UN SIMPLE CUISTOT...
DÉJÀ, TU TE TROMPES SUR SON NOM ET EN PLUS, IL EST ENCORE À L'ÉCOLE POUR LONGTEMPS...
PAS LA PEINE D'EN-FONCER LE CLOU !
DAAAM

MONSIEUR ! JE ME SUIS TROMPÉ DE BOUTON À LA CAISSE...
ZUT, IL FAUT RÉPARER L'ERREUR TOUT DE SUITE !
HA HA HA
HÉ HÉ
HÉ HÉ
BANDE DE MISÉRABLES VERMINES ! JE VAIS VOUS APPRENDRE LA POLITESSE, MOI !
MIKIHIKO, RANGE TON SABRE, TU VAS FINIR PAR TE FAIRE MAL !
......
KLONG
IL A CRAQUÉ...
WHAAA
BING
CHÔKO ! TERMINE TES POIVRONS !
UNE CUILLÈRE POUR MAMAN...
FAIS HAAA !
MOINS DE BRUIT, MIKIHIKO...
ZE VEUX MANZER UNE GLAAAACE !
OUIIIN !
NE FAIS PAS CETTE TÊTE-LÀ, VOYONS ! HA HA HA
MONSIEUR ! LE DÉPUTÉ EST ARRIVÉ...
J'AI L'IMPRESSION D'ÊTRE REVENUE DANS LE TEMPS...

LA MAISON ÉTAIT TOUJOURS PLEINE DE MONDE...
TOUTE CETTE ANIMATION, CETTE JOIE ! QUE DU BONHEUR...
CHA-CHAN !
NON ! NE PARS PAS, CHA-CHAN !
HUU ...
TOC TOC
MAÎTRESSE ?
JE VOUS APPORTE DE TRÈS BONNES NOUILLES PRÉPARÉES PAR MIKIHIKO...
MAÎTRESSE ?

HUU...
HUÉÉÉ !
HAAA
MAÎTRESSE !
VOTRE FIÈVRE...
... A EMPIRÉ...
VOUS DEVRIEZ QUAND MÊME MANGER UN PEU POUR REPRENDRE DES FORCES...
NON...
JE VAIS VOMIR...
MAÎTRESSE ...

VOS MÉDICAMENTS ?
*内服薬
久世 蝶
がしっ
TCHAAAAC
*Pharmacie Chôko Kuzé
KEEP OUT
HEU...
J'ALLAIS LES PRENDRE !
SI SI, JE TE JURE QUE J'ALLAIS LE FAIRE !
RENDS-MOI ÇA !

LORSQU'ON EST PRIS DE FORTES FIÈVRES, QUE L'ON NE PEUT RIEN AVALER ET MÊME PAS SE LEVER, IL EXISTE UNE SUPER SOLUTION : LE **SUPPOSITOIRE** QU'ON SE MET DANS LES FESSES ! ♡
ORDONNANCE
ZZZ
ガクガクブルブル
HÉ HÉ HÉ
COMMENT S'EN SERVIR ? D'ABORD, SE METTRE CUL NU ! ♡
ははは
HA HA
ははは
HA HA HA
WHAAA !

ENSUITE, ENFONCER JUSQU'AU BOUT ! ENFONCER JUSQU'AU FOND !
スケベにセクハラモードMAX!
MODE PERVERS AU MAXIMUM !
BRRR
BRRR

IDIOT !
きゅぴーん
SNIIIF
QU...
MAX
MIN
BARRE DE PERVERSITÉ
JE... JE SUIS TERRIBLEMENT NAVRÉ...
TCHOP
TCHOP
OUIIIN
HUUU !
TCHOP
TCHOP
JE VOULAIS SIMPLEMENT FAIRE BAISSER VOTRE FIÈVRE...
POUR CET AFFRONT, JE MÉRITE LA MORT PAR HARAKIRI...
ZAAASH

ZAAASH
D'OÙ PROVIENNENT TOUS CES CRIS ?!?
ZAAASH
PACK
DÔ...DÔ... DÔMOTO...
QUE FAIS-TU...
À MA SŒUR ...

MIKIHIKO !
BOOOONG
AH !
MAIS QUE SE PASSE-T-IL ICI ?
POURQUOI MIKIHIKO EST-IL ÉVANOUI ?
SU... SUÔ !
Ô MON DIEU !
TOI AUSSI TU AS DE LA FIÈVRE ?
MLLE SUÔ ! ♡
OH, JE VOIS QUE VOUS AVEZ DE BONS MÉDICAMENTS !
内服薬

MIKIHIKO ! MONTRE-MOI TES FESSES !
ZUIP
WHAAA !
そば久
そば久
SUÔ EST EN TRAIN...
DE ME METTRE UN SUPPOSITOIRE...
QUE SE PASSE-T-IL ? JE SENS MON CORPS PRIS DE FRISSONS...

JE SUIS AU SEPTIÈME CIEL... ♡
PLAP
MIKIHIKO A PERDU CONNAISSANCE. C'EST LE PLUS BEAU JOUR DE SA VIE...
TU N'AS PAS HONTE ?
?
ÇA A L'AIR DE TE FAIRE MARRER...
DEDANS, Y'A UN SORBET AU MELON DE SENBIKI ! C'EST SUCCULENT.
UN SHAMPOING SANS EAU ET DONC SANS RINÇAGE...
ET PUIS DES VITAMINES...
TCHUiP
MERCI SUÔ ET MAKIÉ...
DANS CES MOMENTS-LÀ, C'EST QUAND MÊME MIEUX D'ÊTRE ENTRE FILLES... ENFIN, HEU...

Yuki Yoshihara

MA PETITE MAÎTRESSE

3

HEIN ?
TU ES AU COURANT QU'IL A L'INTENTION DE RACHETER LES TERRES DE L'ANCIEN DOMAINE KUZÉ…
S'IL EST ENTRÉ DANS NOTRE SOCIÉTÉ, C'EST AUSSI POUR S'OCCUPER DU PLAN URBAIN DE TOUS CES TERRAINS.
MAIS SON CHAMP D'ACTION EST LIMITÉ…
IL DEVRA RAPIDEMENT DÉMISSIONNER POUR INVESTIR ET AGIR !
IL EN PARLE DEPUIS L'UNIVERSITÉ…

OUPS…
NE ME DIS PAS QUE TU N'ÉTAIS PAS AU COURANT…
JE NE SAVAIS PAS QU'IL SOUHAITAIT…
DEVENIR INDÉPENDANT…
UUURGH !
MAÎTRESSE !
VOUS DEVEZ RESTER ALLONGÉE !

JE ME SENS MIEUX...
JE PROPOSE QUE NOUS MANGIONS TOUS ENSEMBLE LE SORBET AU MELON DE SUÔ...
....
PARDON, DÔMOTO...
J'AI PEUT-ÊTRE FAIT UNE GAFFE...
HEU...
LA MAISON EST AUSSI JOYEUSE QU'AU-TREFOIS...
JE PEUX AVOIR LE PLUS GROS ?
IL N'EST PAS UN PEU TROP GROS POUR TOI ?
OOOH, SUÔ...
HA HA HA
POUR VOS CLIENTS !
OH MERCI !
J'AI UNE IDÉE ! DES NOUILLES AU MELON !
HMM, C'EST PAS UNE SUPER IDÉE, ÇA...

ALLEZ, BONNE SOIRÉE !
ON SE REVOIT LUNDI AU BOULOT !
ÇA M'A RENDU TELLEMENT HEUREUSE…
MERCI À VOUS POUR VOTRE AIDE !
OUI MERCI !
SUÔ …
MAÎTRESSE, C'EST MOI QUI VAIS VOUS VEILLER CETTE NUIT !
PRENEZ BIEN SOIN DE VOUS, HEIN !
QUELLE JOIE…

TOUS CES SOUVENIRS...
NON ! NE PARS PAS, CHA-CHAN !
BOOM
NON...

CHA-CHAN !

MAÎTRESSE ?
POURQUOI ?
JE T'AI POURTANT DIT QUE JE ME FICHAIS DE TOUS CES TERRAINS !
QUAND VAS-TU DÉMISSIONNER ?
ET POURQUOI ?
CHA-CHAN !
TU VAS ENCORE ME LAISSER SEULE, HEIN ?

......!
MAÎTRESSE...
ALLEZ DORMIR ! VOTRE CERVEAU EST EN TRAIN DE FONDRE...
!
ずんずん
ZUIP
TOI, VA PLUTÔT RÉVISER TES COURS !
げしっ
BING
DÔMOTO ! CHÔKO N'EST PAS UN SAC DE PATATES !

……
ON DIRAIT BIEN QUE SUÔ A VENDU LA MÈCHE…
J'AVAIS L'INTENTION DE VOUS EN PARLER PROCHAINE-MENT…
VOUS M'AVEZ EXPLIQUÉ QUE VOUS N'ÉTIEZ PAS ATTACHÉE À CES TERRES MAIS…
CELA FAIT DES ANNÉES QUE J'AI DÉCIDÉ DE RENDRE AUX KUZÉ CE QUI LEUR APPARTIENT…

DANS PEU DE TEMPS...
JE VAIS DONC DÉMISSIONNER POUR MONTER MA PROPRE SOCIÉTÉ.
......
TU...
TU VAS ENCORE-RE...
... ME LAISSER SEULE ?
QUAND VIENDRA CE JOUR..
J'AIMERAIS QUE VOUS VENIEZ AVEC MOI...
HEIN ?

QUE...
QU'AS-TU DIT ?
DAAAM
HIII !

ALLEZ ! LES MÉDICAMENTS ET AU LIT !
WHAAAA !
WHAAAA !
NON ! PAS LE SUPPO !!!
C'EST UN CACHET À AVALER..
HA !

HMMM

FIN DU CHAPITRE 12

PROPOS CHOQUANTS…

SI C'EST SI HUMILIANT QUE ÇA, FALLAIT SE LE METTRE TOUT SEUL ! BANDE DE PETITS PERVERS…

Chapitre 13 : un été d'amoureux

SALUT ! C'EST MOI, CHÔKO !
COMME VOUS LE VOYEZ, J'AI LE TRAC...
EN EFFET, C'EST LA PREMIÈRE FOIS QUE JE PARS SEULE AVEC MASAYUKI EN VOYAGE...

C'EST UNE SUPERBE MAISON DE CAMPAGNE !
UN BEL ENDROIT...
SERVANT DE LIEU DE REPOS POUR LES GRANDS DIRIGEANTS DE LA BOÎTE...

ET TU ES SÛR QUE TU AS LE DROIT D'EMMENER UNE EMPLOYÉE DE MON RANG ?
PAS DE PROBLÈME. JE ME SUIS OCCUPÉ DE TOUT...
QU'EST-CE QU'IL A ENCORE MANIGANCÉ...
AU FAIT...
QU'AVEZ-VOUS ANNONCÉ À VOS PARENTS POUR CE VOYAGE ?
どきっ
BOM
JE... JE LEUR AI DIT LA VÉRITÉ ! QUE JE PARTAIS QUELQUES JOURS AVEC TOI...
JE VOIS...
PARCE QU'EN FAIT...

JE SUIS VENU AVEC UN SLIP DE COMPÉTITION ! ♡
PAS LA PEINE DE LE MONTRER !
TCHAAAC
TCHAAAC
ZIIIP
UN VOYAGE TOUS LES DEUX…
SIGNIFIE QUE NOUS SERONS ENSEMBLE AUSSI PENDANT LA NUIT…
PERVERS INTERDITS
POURQUOI ?
ZAAASH
JE SUIS AVEC L'HOMME QUE J'AIME…
C'EST À MANGER TOUT ÇA ?
HA HA HA
FAUT BIEN S'OCCUPER !
ET JE SUIS PRÉPARÉE À TOUT CE QUI POURRA ARRIVER.
RIZ
PENDANT TROIS JOURS…
NOUS NE SERONS QUE TOUS LES DEUX…
IL N'EMPÊCHE QUE…
J'AI LE TRAC…
....

がばっ
FUIP
!?
QU... !
QU... !
LE RÈGLEMENT DE LA MAISON STIPULE QUE LES COUPLES DOIVENT FORMELLEMENT ENTRER DE CETTE FAÇON !
TU MENS !

JE SUIS SÛR QUE NOUS ALLONS PASSER UN SÉJOUR TRÈS AGRÉABLE.
OUI...

HÉ BIEN, VOUS EN AVEZ MIS DU TEMPS !

BING !!
FUIP

QUE... QUE FAITES-VOUS LÀ ?!?
À L'AIDE !
JE SUIS VENUE MA CACHER ! MES PARENTS VEULENT ME MARIER À UN NOBLE FRANÇAIS. LE PROBLÈME, C'EST QUE C'EST UN OTAKU...
C'EST MAKIÉ QUI NOUS A FAIT VENIR DE FORCE...
MAÎTRESSE ! JE SUIS VENU PASSER MES VACANCES AVEC VOUS ! ♡
SUÔ ! JE SAVAIS QUE JE VOUS TROUVERAIS LÀ !
RIZ
MIKIHIKO ?!?
LES VACANCES, C'EST PLUS SYMPA QUAND ON EST NOMBREUX, NON ?
OUI ! ♡

À-L'AI-DE
ぬうーっ
GRRRR
MASAYUKI EST TRÈS ÉNERVÉ…
FAUT DIRE QUE LA SITUATION EST CATASTRO-PHIQUE…
CHÔKO ? TU VIENS ?
SŒU-RETTE !
QUE VOUS ÊTES JOLIE !

J'ARRIVE !
BAH, TOUT VA BIEN SE PASSER...
ばっ
ZAAASH
......
FLAP
FLAP
ZUIP
ZUIP

PFUUU
JINGÛJI EST CAPABLE DE VOUS METTRE ENCEINTE RIEN QU'EN VOUS REGARDANT EN MAILLOT...
GRRR
N'IMPORTE QUOI !
MASAYUKI ...
PAS LA PEINE DE TE FÂCHER...
ALLONS NAGER ! TU DOIS AVOIR CHAUD À RESTER DANS TON COSTUME !
NON ! JE N'AI AUCUNEMENT L'INTENTION DE LEUR MONTRER MON SLIP DE COMPÉTITION !
GRRR
NOTRE SÉJOUR EST GÂCHÉ ! MOI QUI ME FAISAIS UNE JOIE DE RESTER SEUL AVEC VOUS ! C'EST FICHU !
GNAAAA
TU NE M'ATTRAPERAS PAS !
SI ! PAR DEVANT ET PAR DERRIÈRE !
CAPOTES
DANS SES RÊVES
イメージ

JE VAIS LEUR DEMANDER DE DÉGAGER !
ALLÔ L'ARMÉE ? OUI, J'AI BESOIN DE QUELQUES GRENADES...
やーめーてーっっ
WHAAAA
JE TE JURE, NOUS SOMMES DÉSOLÉS !
MENTEUR !
AU FAIT ?
POURQUOI SUÔ NE VIENT PAS ENCORE SE BAIGNER ?

......
KLING
KLING
J'AI HÂTE DE VOIR DE MES PROPRES YEUX LA PERFECTION ! SON CORPS DE FEMME DOIT ÊTRE SCULPTÉ AVEC LES MEILLEURS MATÉRIAUX DIVINS !
IL FAUT À TOUT PRIX L'ARRÊTER AVANT QU'IL...
HEU, IL N'A PAS L'AIR D'AVOIR COMPRIS QUE SUÔ EST UN HOMME...
LE PAUVRE...
LUI, IL AVAIT COMPRIS DÈS LE PREMIER COUP D'ŒIL ←
ZUT, ÇA CRAINT !
OUI, EN MAILLOT IL NE POURRA PLUS TROMPER PERSONNE !
S'IL DÉCOUVRE ÇA, MON FRÈRE NE S'EN RELÈVERA JAMAIS...
YO TOUT LE MONDE ! J'ARRIIIVE !

J'AI MIS PLUS DE TEMPS QUE PRÉVU À ME DÉMAQUILLER !
TROP TARD ! L'HOR-REUR !

FLAAAAP
JE N'Y CROIS PAS...
JE DOIS ÊTRE EN TRAIN DE RÊVER...
SUÔ, UN HOMME ?!?
NON ! C'EST IMPOSSIBLE !
WHAAA ! MIKIHIKO !
MIKIHI... !
BLURB
BLURB

ザブーッ
SPLAAASH
MIKIHIKO ! TIENS BON !
SUÔ...
VOUS ÊTES BELLE...
PAR MA FAUTE, VOUS ÊTES TOUTE DÉCOIFFÉE...
HEIN ?
VOTRE MAILLOT DE BAIN AVEC CES HIBISCUS VOUS VA À RAVIR...
LA RAIE DE VOS SEINS EST COMME UNE...

IL LA VOIT COMME ÇA…
C'EST CE QU'ON APPELLE UN AMOUR AVEUGLE…
IL EST FOUTU…
BAH, DU MOMENT QU'IL EST HEUREUX…
HYPOCRITE !
MAÎTRESSE ? VOUS VOULEZ QUE JE VOUS PASSE DE LA CRÈME BRONZANTE SUR LE DOS ? C'EST CELLE QUE NOS MEILLEURES ACTRICES UTILISENT !
VOS GENOUX SONT DOUX…
AH BON ?
OUI, JE VEUX BIEN…

FLAAAP
TU JOUES À QUOI, LÀ ?
RENDS-MOI ÇA !
GRRR
COMBIEN DE FOIS T'AI-JE DÉJÀ DEMANDÉ DE NE PAS APPROCHER TES SALES PATTES DE MAÎTRESSE !
SI TU OSES LUI TOUCHER LE MOINDRE CHEVEU, JE T'ARRACHE LA TÊTE !
BAH QUOI ! C'EST JUSTE UN PEU DE CRÈME !
JE ME FOUS QUE CE SOIT DE LA CRÈME POUR BRONZER OU POUR LES HÉMORROÏDES ! TU NE LA TOUCHES PAS, PIGÉ ?
BRRRR
HAAA
CALMEZ-VOUS, TOUS LES DEUX !
PERSONNE N'A L'AUTORISATION D'AVOIR DES CONTACTS PHYSIQUES AVEC VOUS !

SEULES LES PERSONNES EN QUI VOUS AVEZ ENTIÈREMENT CONFIANCE...
SONT AUTORISÉES À VOUS TOUCHER !
MASAYUKI ?

DONC EN GROS, C'EST MOI QUI VAIS TE LA METTRE CETTE CRÈME ! ♥
ZUIP
ZUIP
DONNE PLUTÔT LE TUBE À MAKIÉ !
HAAA... MAÎTRESSE ...
HÉ HÉ
CESSONS DE NOUS VOILER LA FACE !

IL Y A QUELQU'UN ICI QUI NE VEUT PAS SORTIR SON HUIT DE TRÈFLE ! QUI C'EST ?!?
JE PASSE !
ELLE
C'EST ÇA LA VIE, MON PETIT...
HMM...
DÔMOTO EST TOUJOURS DANS LA BIBLIOTHÈQUE ? TOUT À L'HEURE, IL DISAIT VOULOIR ENVOYER UN MAIL AU BUREAU...
NOUS VOUS DÉRANGEONS, HEIN ?
MAIS NE T'OCCUPE PAS DE NOUS ! VA PLUTÔT LE REJOINDRE !
......
EN FAIT, LEUR PRÉSENCE ME SOULAGE UN PEU...
KLAAACK
JE PASSE !
J'ÉTAIS HEUREUSE DE CE PETIT VOYAGE TOUS LES DEUX...
MAIS J'ÉTAIS TELLEMENT ANGOISSÉE D'ÊTRE SEULE AVEC LUI.

JE SUIS BIEN INDÉCISE…
SPLAAASH
SPLAAASH
PSHAAA

MAÎTRESSE ?

VOUS ÊTES VENUE VOIR À QUOI RESSEMBLAIT MON MAILLOT DE CHAMPION ?
ALLEZ-Y, PROFITEZ !
PERVERS INTERDITS
CELA FAISAIT LONGTEMPS QUE JE N'AVAIS PAS VU SON CORPS...
C'EST BEL ET BIEN UN HOMME. UN ADULTE...
TU AURAIS PU ME DIRE QUE TU ALLAIS NAGER !
....
VOUS VOULEZ NAGER AVEC MOI ?
OUI ! ATTENDS, JE VAIS APPELER LES AU...
ZUIRGH !
...TRES !

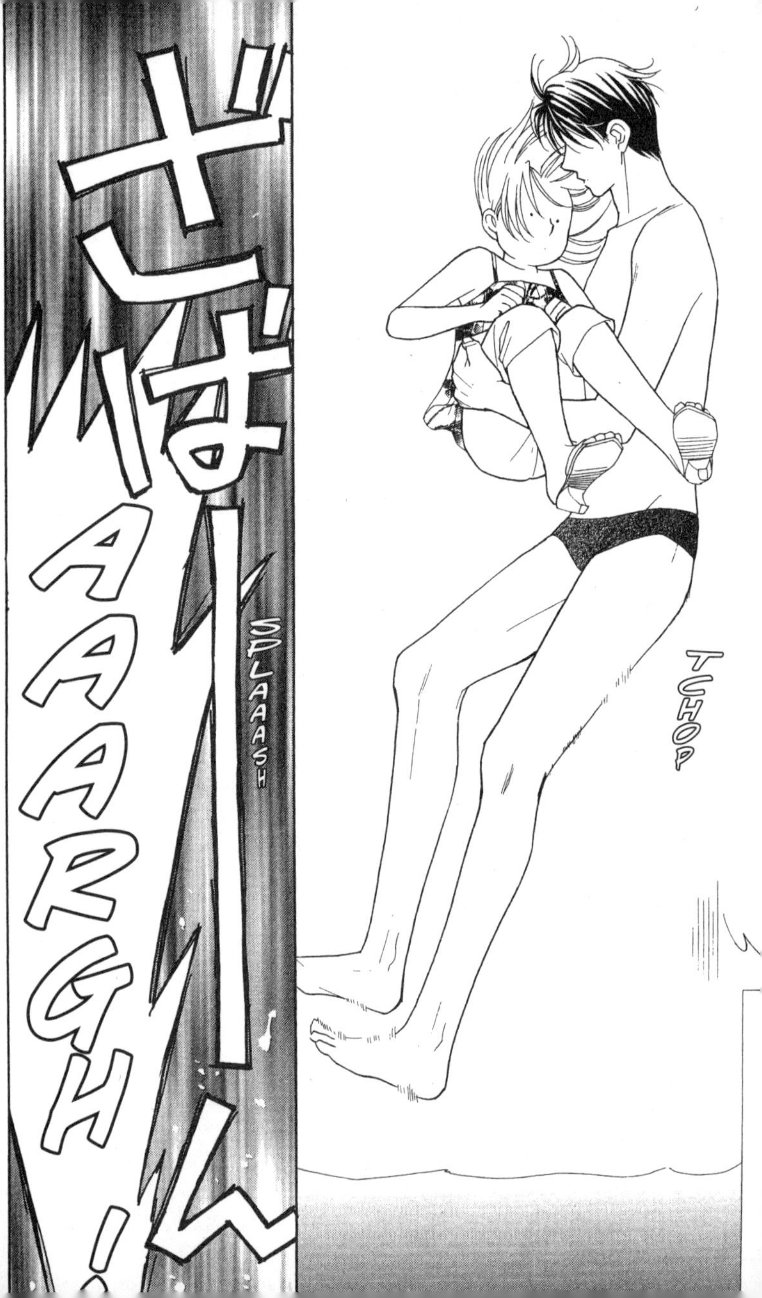
TCHOP
ザばーん
SPLAAAASH
AAARGH!

HMM ?
J'AI CRU ENTENDRE UNE VOIX DU CÔTÉ DE LA PISCINE...
BLURG !
BLURG !
......
?
BAH, CE N'ÉTAIT RIEN...
RETOURNONS JOUER.
?
SPLAAASH
TU VEUX ME NOYER OU QUOI ?!?
HA HA HA ! QU'EST-CE QU'ON S'AMUSE !
AH OUAIS TU TROUVES ?!?

VOUS...
VOUS AVEZ PEUR DE MOI ?
BOM
....

OU PLUTÔT, QUAND EST-CE QUE VOUS ALLEZ VOUS DÉCIDER À ENFIN FAIRE L'AMOUR AVEC MOI ?
直球
Y'A PAS PLUS DIRECT...
......
PEUT-ÊTRE QUE...
LE MOMENT EST FINALEMENT...
VENU...
DE LE FAIRE...
AVEC CELUI QUE J'AIME TANT...

ドキン
BOM
ドキン
BOM
HUU...

......?
DE MON CÔTÉ...
JE SUIS PRÊT À PASSER À L'ACTE QUAND VOUS VOUDREZ.
MAIS VOUS AVEZ ENCORE L'AIR D'ÊTRE BLOQUÉE PAR L'ANGOISSE...
PAR... PARDON...
NON NON, JE COMMENCE À AVOIR L'HABITUDE...
FUUU

CHÔKO...
JE... JE T'AIME...
CHÔKO KUZÉ...
JE T'AIME...
JE T'AIME...

JE T'AIME...
JE T'AIME...
MASA...

SEULES LES PERSONNES EN QUI VOUS AVEZ ENTIÈREMENT CONFIANCE...
ONT LE DROIT DE VOUS TOUCHER...
J'AI CONFIANCE...
PLUSIEURS FOIS TU M'AS SERRÉE DANS TES BRAS.
ET À CHAQUE FOIS, JE RESSENS CETTE MÊME SÉCURITÉ AU FOND DE MON CŒUR...
J'AI CONFIANCE.

MAÎT...
ZAAAASH

HMM
HMM
HAA
FUU
HMM
HMM

PLUS RIEN...
NE NOUS ARRÊTERA, N'EST-CE PAS ?
OUI...
MASAYUKI...
J'AI CONFIANCE EN TOI...
FIN DU CHAPITRE 13

TEST CARDIAQUE D'UN
ESCLAVE CHANCEUX...

Chapitre 14 : Mon tendre amour

TEST CARDIAQUE D'UN
ESCLAVE CHANCEUX (2)...

BONJOUR ! C'EST MOI, CHÔKO !
D'HABITUDE, QUEL GENRE DE VACANCES D'ÉTÉ PASSEZ-VOUS ?
MOI, JE SUIS EN TRAIN DE VIVRE MON TOUT PREMIER ÉTÉ ROMANTIQUE…
ENFIN NON, PAS TOUT À FAIT. CAR DES BOULETS DE MON BOULOT ET DE MA FAMILLE SE SONT INCRUSTÉS…
DANS LA PISCINE, ÇA CHAHUTE. LE SOIR, MASAYUKI ET JINGÛJI SE DISPUTENT POUR LES MEILLEURS MORCEAUX DE VIANDE DU BARBEC…
BOUARGH !

T'AS PAS HONTE D'ÉCRIRE TES SALADES AUX LECTEURS ? ON DIRAIT UN JOURNAL INTIME D'ÉCOLIER ! ALLEZ, RENTRE DANS LE VIF DU SUJET ET PASSONS AUX CHOSES SÉRIEUSES !
GRRR
AÏE
OUI, DONC LE SOIR, IL NOUS ARRIVE PARFOIS DE NOUS RETROUVER SEULS DANS LA PISCINE…
AH, ENFIN ! TU POUVAIS PAS COMMENCER PAR ÇA ?
PLUS RIEN…
NE NOUS ARRÊTERA, N'EST-CE PAS ?

OUI...
MASAYUKI...
J'AI CONFIANCE EN TOI...
ALLONS DANS MA CHAMBRE...
OUI...
AH !
MAIS...

SI ON PASSE PAR LE SALON, ILS...
ZAAAAP
QUI A ENCORE CACHÉ LA CARTE ?!?
WHA HA HA
HMM
FLIP
SLUIIIIP
SLUIIIIP
LAAAANCE !
投ッ

PAS D'INQUIÉTUDE ! J'AI PASSÉ UNE FORMATION EN GRIMPANT DIX ÉTAGES AVEC UN EXTINCTEUR DE 20KG SUR LE DOS !
UNE FORMATION DE QUOI ?!? ET ELLE SORT D'OÙ CETTE CORDE ???
HA HA HA ! QU'EST-CE QU'ON S'AMUSE !
ニュウウウ
FIUUUSH
HA
HA

……
HEU…
JE PEUX PRENDRE UNE DOUCHE ?
JE VOUS EN PRIE. C'EST PAR ICI !
L'EAU DE LA PISCI-NE…
ME… MERCI !

ドキン
BOM
NE ME DITES PAS QUE VOUS AVEZ L'INTENTION DE PRENDRE UNE DOUCHE TOUTE HABILLÉE...
QU...

MASAYU...
QU...
HAA
HUU
JE N'AI PAS PEUR...
JE T'AIME...
MASAYUKI

J'AI CONFIANCE !
DEPUIS L'ÉPOQUE CHA-CHAN...
QU'Y A-T-IL ?
AUTREFOIS...

JE CONSTATE QUE VOUS N'AVEZ PAS TELLEMENT GRANDI...
DEPUIS LA DERNIÈRE FOIS QUE JE VOUS AI MESURÉE...
MA PAUVRE
!
TU FAIS LA MÊME TAILLE QU'A-VANT-HIER !
IDIOT ! MAIS JE SUIS QUAND MÊME DEVENUE UNE ADULTE !
HÉ HÉ
ムカッ
GRRR
JE VOUS AI ÉLEVÉE ET REGARDÉ GRANDIR AVEC BEAUCOUP D'AFFECTION ET D'ATTENTION...
IL M'EST DONC DIFFICILE DE...
D'ÉCOU-TER...
MES DÉSIRS CHARNELS PROFONDS...

JE...
DANS SON ESPRIT, IL SE CONSIDÈRE TOUJOURS COMME UN DOMESTIQUE...
IL NE RÉALISE PAS ENCORE QU'IL EST TON PETIT AMI...
....

MAÎTRESSE...
CESSE DE...
HEIN ?
TOURNER AUTOUR DU POT ET PRENDS TES RESPONSABILITÉS !

PEUT-ÊTRE QUE ...
TU ME VOIS TOUJOURS COMME UNE PETITE FILLE DE SEPT ANS OU ENCORE COMME TA PETITE EMPLOYÉE...
ET QUE ÇA TE BLOQUE PAR MOMENTS...

OU...
OUI...
TU DOIS POURTANT FRANCHIR TES PROPRES BARRIÈRES !
FAIS-LE POUR MOI !

OUI...

DANS CE CAS ! LAISSEZ-MOI VOUS FRANCHIR AVEC MA...
ZUIP
ZUIP
QU... JE VAIS PRENDRE MA DOUCHE !
PERVERS !
NON...
JE N'ATTENDRAI PAS PLUS LONGTEMPS...

MAÎTRES-SE...
VOUS ÊTES À MOI...

JE VOUS AI CHERCHÉE PENDANT DES ANNÉES ...
JE VOUS AI RETROUVÉE IL Y A DEUX ANS...
VOTRE SOURIRE ÉTAIT TOUJOURS LE MÊME MAIS J'ÉTAIS TELLEMENT HEUREUX DE CONSTATER À QUEL POINT VOUS ÉTIEZ DEVENUE UNE BELLE FEMME.
J'AI CONTINUÉ DE VEILLER SUR VOUS DANS L'OMBRE...
ALORS IMAGINEZ MA SURPRISE QUAND NOS CHEMINS SE SONT RECROISÉS CE FAMEUX JOUR...
ÊTES-VOUS TOUJOURS VIERGE ?
C'ÉTAIT PAR RÉELLE CURIOSITÉ...

OUI, JE LE SUIS...
J'ÉTAIS TRÈS FIER DE VOUS ! VOUS ÉTIEZ DEVENUE UNE FEMME SÉRIEUSE ET DROITE !
POUR MOI, VEILLER SUR VOUS ET VOUS PROTÉGER...
EST COMME UNE MISSION DIVINE...
QUAND MON CŒUR A-T-IL CHAVIRÉ ?
L'IMPORTANCE QUE VOUS AVIEZ À MES YEUX...
CETTE MAIN QUI VEILLAIT TENDREMENT SUR LA PETITE FILLE QUE VOUS ÉTIEZ S'EST RAFFERMIE...
POUR SE TRANSFORMER EN AMOUR.
JE VOUS DÉSIRAIS TELLEMENT QUE JE MANQUAIS PARFOIS DE RESPIRATION...
JE VOUS AIME...

JE VOUS AIME TEL-LEMENT...
À EN PERDRE LA TÊTE...

JE...

MASA-YUKI...
NE ME REGARDE PLUS...
COMME AVANT...
JE T'AIME, CHÔKO...

JE VOUS AIME, MAÎTRESSE...
MASA...
AAH...

......!
HAAA...
NOOON...
ENLEVEZ VOTRE MAIN...
MAÎTRESSE ...

MAÎTRESSE
...
HUU...

HAA
HUUU
SMACK
SLURP
AAAH
MASA...
HMM

HAAA
SLURP
SLURP
...
HAAA
HUUU
ZUIP
グッ
HAAA !

JE...
MASAYUKI ...
JE T'AIME...
QU...
MAÎTRESSE...
VOUS ÊTES SI...
JOLIE...
JE T'AIME...
MASA-YUKI...

TU ES À MOI…
……!?
NON, NE MORDEZ PAS…
LÉCHEZ…
HAAA

QU...
コク SLURP
...
コク SLURP
VOILÀ...
C'EST BIEN...
HU
NE FORCEZ PAS...
HM
HA
...
SANS LES DENTS...
TRÈS BIEN, C'EST BON...

FU
HAA
JE SENS...
HA
LA CHALEUR...
HA
DE SON CORPS EN MOI...

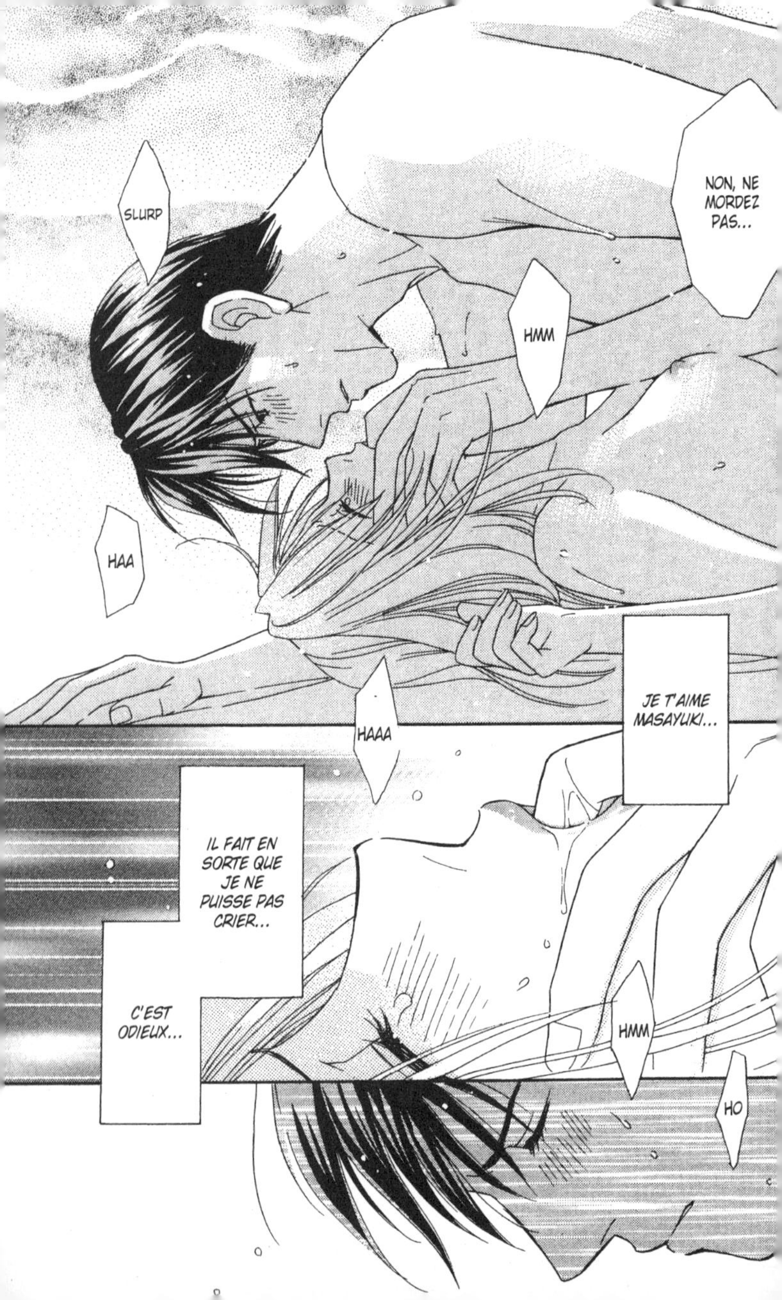
NON, NE MORDEZ PAS…
HMM
SLURP
HAA
JE T'AIME MASAYUKI…
HAAA
HO
HMM
IL FAIT EN SORTE QUE JE NE PUISSE PAS CRIER…
C'EST ODIEUX…

JE VOUS AIME...
HAAA
JE VOUS AIME...
LUI SEUL PEUT PARLER ! CE N'EST PAS JUSTE !
MOI AUSSI, JE VOUDRAIS LUI DIRE...
MES SENTI-MENTS !

FIN DU CHAPITRE 14

Chapitre 15 :
Un papillon hésitant

HU
HU
HU
HA
HA
HA
HUU
HUU
SECRÉTARIAT
HA !
HA !
HA !
HU
HU
HU
HU
FUHA !
FUHA !
HU
HU
HA
HA
HA
HA
HA
HA

HU HU !
HA HA
HA !
HU !
HU
HA
HA
HEU, CHEF DÔMOTO...
IL EST MAINTENANT L'HEURE D'ALLER EN SALLE DE RÉUNION...
......
HEIN ? HEU...
OUI, J'ARRIVE...
FUUU !

HU HU HU HU !
HA HA HA HA ! HÊ HÊ HÊ !
HA HA HA HA !
SALUT, C'EST MOI CHÔKO !
HA
HA
MASAYUKI, À LA FOIS MON BOSS ET MON DOMESTIQUE...
HO
HO
HU
HU
EST DE FORT BONNE HUMEUR...

TENEZ, J'AI APPORTÉ DES PETITS CADEAUX...
ZUIP
...POUR TOUT LE MONDE.
POUR VOUS AUSSI.
ET TOUTE LA DIRECTION !
ぱああ
DÉPUCELAGE RÉUSSI !
TADAAA
MASAYUKI
CHÔKO
ARRÊTE !
やめてー！
IL A FAIT GRAVER LEUR NOM SUR LES GÂTEAUX...
IL EST SUR SON NUAGE, LÀ...
PENDANT CE PETIT SÉJOUR...
MASAYUKI ET MOI AVONS FRANCHI UNE NOUVELLE ÉTAPE...
HAAA

LE PLUS DIFFICILE A ÉTÉ LE LENDEMAIN MATIN…
BON… BONJ…
ROUGES COMME DES PIVOINES
QU…
NE ME DITES PAS QUE VOUS…
HU !
HU HA HA HA HA HU !
DAAAAM

TU AS OSÉ SALIR MA SŒUR, CHIEN !
SISTER COMPLEX
はははへへーっ
はーははは
HA HA HA HA HA
LE PERVERS NON MASQUÉ
BONHOMME ! TU VEUX VOIR À QUOI RESSEMBLE MON SABRE DRESSÉ ?
ON A PASSÉ DE BONNES VACANCES, HEIN ?
SAUF QUE LE GARDIEN A FINI PAR APPELER LA POLICE…
HAAA…

ET ?
C'ÉTAIT COMMENT ?
ZUIP
DE QUOI ?
BEN VOYONS...
T'AS TRÈS BIEN COMPRIS !
TON PREMIER COUP AVEC LUI !
T'AS PRIS TON PIED ?
......
BOM
BOM
BOM
BOM
HE HE
ÇA...

ÇA M'A...
ÇA QUOI !!!
FAIT SUPER MAL...
J'AI EU MAL...
DU... DU CALME CHÔKO !
GRRR
VOUS M'ÉCOUTEZ ?
SI J'AVAIS SU QUE C'ÉTAIT AUSSI DOULOUREUX, JAMAIS JE NE L'AURAIS FAIT ! J'AVAIS ENVIE DE LUI ENFONCER UNE PASTÈQUE DANS LES FESSES POUR QU'IL PIGE MA PEINE !
GARÇON ! METTEZ MOINS D'ALCOOL DANS VOS BIÈRES !

MAIS À CHAQUE FOIS QUE JE RESSENTAIS LA DOULEUR...
IL POSAIT SES LÈVRES TENDREMENT SUR MES YEUX...
CHACUNE DE MES SOUFFRANCES...
ÉTAIT AUSSITÔT APAISÉE...

IL M'A ACCOMPAGNÉE DANS MA PEINE...
POUR QUE NOUS NE FASSIONS QU'UN...
IL A ÉTÉ...
D'UNE DOUCEUR EXEMPLAIRE ...
SAUF QUE...
APRÈS NOTRE PREMIÈRE FOIS, IL EST AUSSITÔT REVENU À LA CHARGE. MAIS CETTE FOIS, IL AVAIT REMIS SON COSTUME DE CHAMPION DU MONDE DES PERVERS...
TU VEUX REVOIR MON SLIP ?
TCHAC
ZUIP
ALORS ? HEUREUSE ?
...
HAAA
PAUV' NAZE !

TU AS DE LA CHANCE D'ÊTRE AIMÉE !
OUAIS MAIS C'EST COMME ÇA TOUS LES JOURS, MAKIÉ !
BING
......!
MAKIÉ EST LA NIÈCE DU VRAI PRÉSIDENT QUE JE N'AI ENCORE JAMAIS VU...
ELLE A AUTREFOIS JETÉ SON DÉVOLU SUR MASAYUKI POUR EN FAIRE SON MARI.
BON LES FILLES, JE VOUS LAISSE CAR J'AI À FAIRE !
BYE !
JE PENSE QUE SES SENTIMENTS À SON ÉGARD ÉTAIENT SINCÈRES...
SI ÇA SE TROUVE, ILS ÉTAIENT PLUS FORTS QUE LES MIENS...
DIS...
J'AI ENTENDU DIRE QUE DÔMOTO PROJETAIT DE RACHETER LES ANCIENNES TERRES DE TA FAMILLE, NON ?

!
C'EST SUÔ QUI TE L'A DIT ?
NON NON...
C'EST MON ONCLE...
LE PRÉSIDENT ?!?
JE DOUTE QUE CE SOIT DÔMOTO QUI AIT ÉTÉ LUI DIRE DIRECTEMENT.
IL A SÛREMENT MENÉ SON ENQUÊTE...
ET MOI AUSSI, J'AI MENÉ LA MIENNE...
AU SUJET DE CES FAMEUX TERRAINS.
PRÈS DE LA MOITIÉ DE LA SURFACE N'EST PAS EXPLOITÉE...
AH BON ?
L'ACQUISITION REMONTE À DIX ANS MAINTENANT ET LAISSER CE SOL EN FRICHES EST UNE SACRÉE PERTE DE REVENUS POUR LA SOCIÉTÉ.
MAIS ON DIRAIT BIEN QUE MON ONCLE A CONSCIENCE DE CE QU'IL FAIT...

ATT... ATTENDS !
TU... TU CROIS QUE LE PRÉSIDENT CONNAISSAIT LA SITUATION DE MASAYUKI AINSI QUE LA MIENNE ?
ET QU'IL AURAIT GARDÉ CES TERRAINS...
JE NE COMPRENDS PAS...
IL VOULAIT PEUT-ÊTRE NOUS LES OFFRIR POUR CÉLÉBRER NOTRE MARIAGE...
DÔMOTO VEUT TE LES RENDRE...
MOI AUSSI, J'ESPÈRE RAPIDEMENT TROUVER UN HOMME AUSSI ATTENTIONNÉ QUE LE TIENS ! SINON, ON RISQUE DE ME MARIER DE FORCE AVEC LE PREMIER TORDU QUI PASSERA...
JE DÉCONNE !
MAKIÉ...

T'ES VRAIMENT UNE CHOUETTE FILLE !
TU PEUX CONTINUER À ME COMPLIMENTER SI TU VEUX...
TOUT CE QUE TU VOUDRAS !
TIENS !
SI TU ME TROUVES SI SYMPA, TU VEUX BIEN ME RENDRE UN PETIT SERVICE ?
CO... COMMENT ?!?

CHÔKO ! TU VOIS BIEN QUE JE SUIS OCCUPÉ ! ALORS FAIS VITE ! QUE VEUX-TU ME DIRE ?
......
IL EST DEVENU FOU
TCHAP
TCHAP
RIZ ROUGE ♡
DISONS QUE...
J'AI UN IMPRÉVU ET JE VAIS PARTIR TÔT CE SOIR...
JE N'AI PAS BESOIN D'ÊTRE RACCOMPAGNÉE...
UN IMPRÉVU ?
BOM

UNE SOIRÉE DE RENCONTRES ?!?
OUI, UNE FILLE A ANNULÉ SA PARTICIPATION...
OUI MAIS J'AI DÉJÀ UN PETIT AMI...
BAH, TU T'APPELLERAS SAKURA JUSTE CE SOIR ! Y'AURA DES MÉDECINS, DES AVOCATS, JE NE PEUX PAS RATER CETTE SOIRÉE ! ET IL FAUT ÊTRE LE BON NOMBRE DE PARTICIPANTES !
JE RENDS...
UN SERVICE À UNE AMIE...
CE SOIR, J'AVAIS PRÉVU UN DÎNER SPÉCIAL À 50.000 YENS PAR PERSONNE...
HA BON ?
OUI, DANS LA SUITE IMPÉRIALE DE L'EXECUTIVE HOTEL...

PSUUU
ET MÊME UNE SÉANCE CHEZ L'ESTHÉTICIENNE DE L'ÉTABLISSEMENT...
QU...
CHEF...
TOUT ÇA POUR MOI ?
C'EST TOUCHANT...
OUI ! SAUF L'ESTHÉTICIENNE, JUSTE POUR MOI. JE VOULAIS QU'ELLE ME DÉBARRASSE DE TOUS CES POILS AU NIVEAU DE MON SLIP DE COMPET' ! ♡
IL EST CINQ HEURES, JE RENTRE !
ZUIP
TCHOP
CUIP
CUIP
ET NOTRE 2ÈME NUIT D'AMOUR ?!?
JE T'AI DIT QUE J'AVAIS DÉJÀ QUELQUE CHOSE DE PRÉVU !
ON DIRAIT UN CAPRICE DE GOSSE !
FRRR
EH BIEN ANNULE !
NON !

TU ES DÉSORMAIS MA PETITE AMIE...
TON RÔLE N'EST PLUS D'ALLER T'AMUSER AVEC LES AUTRES MAIS DÉSORMAIS DE CONTEMPLER TOUS LES SOIRS MON SLIP DE CHAMPION !
TRÈS BIEN, SI C'EST CE QUE VOUS VOULEZ...
ALORS JE PRÉFÈRE ALLER À CETTE SOIRÉE DE RENCONTRES...
PARFAIT. J'AI TERMINÉ MES BOULES DE RIZ, ON PEUT Y ALLER..

UNE SOIRÉE DE RENCONTRES ?!?
JE T'AI ENFIN DÉCOUVERT SOUS TON VRAI VISAGE...
NOTRE DEUXIÈME NUIT D'AMOUR ? TU PEUX TE LA METTRE OÙ JE PENSE !
ADIEU !
BOOOM

DITES !
IL FAUDRAIT DÉCALER LE DÎNER DU PRÉSIDENT D'UNE HEURE...
TCHAP
C'EST QUOI CE TRUC AU MILIEU DU CHEMIN ?
BING !
.....
MA DEUXIÈME NUIT...
....
SLUUURP
SLUUURP

EEUUURB !
UN AUTRE VERRE D'ALCOOL DE PRUNE !
CHÔKO, ESSAIE DE TE RETENIR UN PEU...
HEIN ?
RHEUUU
J'AURAIS PAS DÛ T'INVITER
FUISH
CET IDIOT DE MASAYUKI NE PENSE QU'AU SEXE !
QUELLE DÉCEPTION ! CE N'ÉTAIT QU'UN MINABLE!
SLURP
GLOUP
PSSS
PSSS
CHÔKO ! JE CROIS QUE J'AI UNE TOUCHE...
AH OUI ?
LE BINOCLARD À CÔTÉ DE MOI. IL EST DE BONNE FAMILLE ET À L'AIR D'AVOIR UN BON SALAIRE. BREF, JE VAIS SÛREMENT REPARTIR AVEC LUI. JE TE LAISSE TE DÉBROUILLER POUR LA SUITE, HEIN ?
HO HO
ME DÉBROUIL-LER ?
SACRÉE MAKIÉ...

ぽつん…
TCHOP
BIEN À L'ÉCART
PFUUU, JE N'AI QUE CE QUE JE MÉRITE…
JE NE VAUX RIEN…
PUIS-JE M'ASSEOIR À TES CÔTÉS ?

HEU...
QU...
IL... IL PARTICIPE À NOTRE SOIRÉE, LUI ? JE NE L'AVAIS PAS REMARQUÉ...
DÉSOLÉ, JE SUIS ARRIVÉ UN PEU EN RETARD...
DU COUP, TOUS LES AUTRES N'ONT PAS JUGÉ UTILE DE M'INTÉGRER...
TOI AUSSI ?
....
....
ET DIRE QUE PARMI LES PARTICIPANTES, J'AI ENTENDU DIRE QU'IL Y AVAIT DES FILLES DÉJÀ MAQUÉE. CE N'EST PAS TRÈS CORRECT, TU NE TROUVES PAS ?
BOM

WHA HA
C'EST TON CAS ?
JE NE SAIS PAS POURQUOI MAIS JE M'EN SUIS DOUTÉ EN TE VOYANT...
FUIP FUIP
......
SAKURA, C'EST ÇA ?
ALORS QUOI, TU T'ES DISPUTÉ AVEC TON PARTENAIRE ?
NON NON...
QU... QU'EST-CE...
...
DIS-MOI TOUT...
JE VEUX TOUT SAVOIR À TON SUJET...
QUI C'EST CELUI-LÀ ?
IL EST FLIPPANT...

JE...
JE RENTRE CHEZ MOI...
TU PEUX ME FILER TES COORDONNÉES ?
!
ON SE SERT LA MAIN, ALORS ?
HEU...
DÉSOLÉE MAIS...
JE DOUTE QUE NOUS AYONS À NOUS REVOIR À L'AVENIR..
ARF, ZUT ! JE SUIS DÉÇU...
グイ!
GNAAAP

MAIS QU... !
IL EST FOU OU QUOI ?!?
IL ME FAIT PEUR...
MASAYUKI !!!
TAAAM

......
IL N'EST PLUS LÀ...
SI JE SUIS LÀ !
HIII !
ALORS, COMMENT ÉTAIT TA FAMEUSE SOIRÉE ?

JE...
COOL !
UNE EXCELLENTE SOIRÉE ! Y'AVAIT DES MECS TRÈS SYMPAS !
TES LÈVRES...
LA MOITIÉ DE TON ROUGE À LÈVRES EST EFFACÉ...
......!
FUU...
VOILÀ CE QUI ARRIVE QUAND ON TRAÎNE AVEC DES HOMMES QUE L'ON NE CONNAÎT PAS...
ON FUIT À TOUTES JAMBES ET À EN PERDRE HALEINE...
TOUT ÇA PARCE QUE TU NE M'ÉCOUTES JAMAIS...

GRRR
TU NE PEUX T'EN PRENDRE QU'À TOI-MÊME ! TU NE PENSES QU'AU SEXE !
IL EST NORMAL QUE ÇA COMMENCE À M'ÉNERVER, NON ?
TU ME PRENDS POUR QUI, AU FINAL ?
TON JOUET ? TON ESCLAVE SEXUEL ?
ET ALORS ? QUEL MAL Y A-T-IL À ÇA ?

HEIN ?
だんっ
BING !
TU VEUX LA VÉRITÉ ? OUI, DU MATIN AU SOIR, JE NE PENSE QU'À FAIRE L'AMOUR AVEC TOI !
EN GROS, RESTER COLLÉ À TOI TOUTE LA JOURNÉE !
ET TU VOUDRAIS ME LE REPROCHER ?

……
L'HOMME…
BING
DE TOUT À L'HEURE…

ALORS ?
J'ATTENDS TA RÉPONSE !
......
IL M'A EMBRASSÉE...
JE...
JE SUIS AMOUREUSE D'UN AUTRE ET JE LUI AI LAISSÉ MES LÈVRES...
J'AI MAL...
AU CŒUR...
J'AI MAL...
EN MOI...
SMACK
!

ESPÈCE D'IDIOTE !
SMACK
MASA-YUKI...
A TOUJOURS LE DON DE SE MONTRER AFFECTUEUX DANS LES MOMENTS OÙ JE SOUFFRE LE PLUS...
COMME S'IL VOULAIT ME SOULAGER...
ÔTER LES PEINES EN MOI...

IL EST PARFOIS BRUSQUE DANS SES PROPOS MAIS...
IL M'EST DIFFICILE DE NE PAS L'AIMER...
VROOOM
ブロロ...

PFUU
PFUU !
VOUS AVEZ QUITTÉ VOTRE RESTAURANT EN PLEIN MILIEU DU REPAS !
PENSEZ UN PEU À CEUX QUI PASSENT LEUR TEMPS À VOUS CHERCHER !
OUI MAIS LA SERVEUSE DE MON AUBERGE ÉTAIT MOCHE...
AH JE VOIS...
ET COMME J'AI CRU COMPRENDRE QU'IL Y AVAIT UNE SOIRÉE DE RENCONTRES DANS LE RESTO D'À CÔTÉ...
J'AI DÉCIDÉ D'ALLER M'Y AMUSER AUSSI...
C'EST JUSTE POUR ÇA ?
DITES, ON DIRAIT QUE VOUS AVEZ FAIT QUELQUE CHOSE DE LOUCHE...
MONSIEUR LE PRÉSIDENT DIRECTEUR GÉNÉRAL...
HÉ HÉ...
IL N'EST PAS MAUVAIS CE GÂTEAU...
FIN DU CHAPITRE 15

MESSAGE DE L'AUTEUR

TOUT D'ABORD, LAISSEZ-MOI VOUS REMERCIER, CHERS LECTEURS (TRICES) D'AVOIR FAIT L'ACQUISITION DE CE TROISIÈME VOLUME. ÇA ME FAIT SUPER PLAISIR, DES FRISSONS DANS LE COU, DANS LES BRAS ET UN PEU PARTOUT ! HO HO HO. ENFIN BREF...

J'AI CONSCIENCE QUE MA SÉRIE MET EN SCÈNE DES GENS PAS TOUJOURS TRES NETS MAIS PERSONNELLEMENT, JE NE PENSAIS PAS QUE J'ALLAIS FAIRE ÉVOLUER LE PERSONNAGE DE MASAYUKI À CE POINT. C'EST DEVENU UN VÉRITABLE OBSÉDÉ SEXUEL...

BAH, LA DUALITÉ DE CET HOMME EST CERTAINEMENT CE QUI FAIT SON CHARME ET J'ESPÈRE QUE VOUS CONTINUEREZ D'APPRÉCIER LES AVENTURES DE CE COUPLE POUR LE MOINS PARTICULIER. MON CERVEAU ÉTANT ÉGALEMENT TRES... « PARTICULIER », J'AI ENCORE DES IDÉES POUR LA SUITE... À BIENTÔT !

SOLEIL
MANGA

Écrivez-nous à :
Soleil Manga
25, rue Titon
75011 Paris - France
manga@soleilprod.com

Titre original : CHOYO HANAYO by Yuki YOSHIHARA

Original Japanese edition published in 2007 by Shogakukan Inc., Tokyo
French translation rights arranged with Shogakukan Inc.
through The Kashima Agency

15, bd de Strasbourg
83000 Toulon - France
Conception et réalisation graphique : Studio Soleil
Traduction : Florent Gorges
Lettrage : Studio Charon
Dépôt légal : Févirer 2009
ISBN : 978-2-30200-510-5
Imprimeur : Ercom Italie